# NÓS POR NÓS MESMOS

*vidas em diálogo*

Catalogação na Fonte
Elaborado por: Josefina A. S. Guedes
Bibliotecária CRB 9/870

Velasco, Mari
V433n Nós por nós mesmos : vidas em diálogo / Mari Velasco.
2023 1. ed. – Curitiba : Appris, 2023.
162 p. ; 21 cm.

ISBN 978-65-250-4899-4

1. Poesia brasileira. 2. Diálogos. 3. Afeto (Psicologia). 4. Empatia. I. Título.

CDD – B869.1

Appris editora

Editora e Livraria Appris Ltda.
Av. Manoel Ribas, 2265 – Mercês
Curitiba/PR – CEP: 80810-002
Tel. (41) 3156 - 4731
www.editoraappris.com.br

Printed in Brazil
Impresso no Brasil

Mari Velasco

# NÓS POR NÓS MESMOS

*vidas em diálogo*

Appris editora

# AGRADECIMENTOS

Dedico todo meu afeto em forma de livro à minha mãe – uma nordestina forte e arretada que desde sempre me ensinou, por meio de seu exemplo, que o que importa na vida é a família, que é preciso não se perder de quem se é, que amor e cuidado devem servir de elos nas relações e que "dignidade" e "solidariedade" não são só palavras no dicionário. Gratidão a essa mulher extraordinária que me mostrou que escola é local de responsabilidade; outrora com o meu conhecimento, agora na construção de conhecimentos e saberes dos meus alunos.

Falando em escola... Gratidão ao meu marido, Diego Velasco! Historiador, inteligente, doutor, que nesta vida decidiu atravessar essa jornada comigo. É meu porto seguro, homem amoroso, teimoso, prudente, sorridente – só poderia ser mesmo um professor.

A toda minha família, cujo maior valor mamãe fomentou, mantermo-nos unidos apoiando uns aos outros. Se hoje aqui cheguei, foi porque todos estiveram/estão junto comigo.

Gratidão aos meus sogros queridos, Ana e Maurício! Como não? E a toda família que veio dessa união. Obrigada pelo apoio, pelos incentivos/ideias e por estarem sempre comigo!

Gratidão ao anjo que um dia nos visitou e que junto a Deus continua a olhar pelos seus!

Amigos, gratidão pelas experiências, muitas narrativas são influências de toda emoção trazida/sentida de e com vocês!

Aos meus alunos, meus eternos mestres queridos, gratidão! Vocês que com tanto saber me enriquecem e inspiram.

Ao meu mais novo amigo Renato Preto Basquiat, que sua emoção emprestou em seu convite sincero à leitura desta obra, gratidão!

Grata à minha amiga-irmã Juliana Ângelo, que sempre me cerca de bons afetos e que me levou à provocação necessária para que essa menina adormecida voltasse de vez à vida. À Priscila Alves pela motivação no que se refere à publicação.

Enfim, a todos que me provocaram e/ou me emprestaram lágrimas, sorrisos, gargalhadas ou simplesmente por meio de uma fala no olhar afetaram-me. A vocês todo meu reconhecimento, trarei para sempre um pouco de cada um de vocês em meu coração.

*Roda de conversa é escuta afetiva;*

*É um afago na alma, é o aliviar a pressão.*

*É mais do que estabelecer comunicação;*

*É ouvir com empatia, sem julgo, só afago.*

*É assim que desejo que esta obra chegue ao leitor,*

*Como um agente motivador de diálogos potentes e solidários.*

*Dedico este livro a todos que precisam provocar diálogos*

*E para aqueles que tanto precisam de espaços de fala/escuta.*

# PREFÁCIO

Atos... Breves atos, sinceros atos, vividos atos, complexos atos, infinitos atos, bem... esta obra a qual lhes apresento, segmentada em atos, nos traz a delícia da vida, a alegria, a dor da perda, o ganho inesperado, a saudade que bate e o amor encontrado.

Sim, há espiritualidade; há sobriedade ao falar do universo, em sua beleza da qual nada e ninguém explica. Mas voltando à espiritualidade, entre as linhas desta obra vive o espírito de uma mulher que, em belas frases e estrofes, nos proporciona adentrar, imergir, sorrir e até mesmo chorar, mas não lágrimas de dor ou tristeza.

As belas palavras de Mari nos invadem a alma, propõem sensações, impõem reflexões, que passam por convicções, necessidade de lutar, exercer e se impor, também nos traz o quão é bela a importância do amar.

Ao adentrar as linhas destas belas poesias, muitas vezes me via defronte Mari, ouvindo-a declamar com toda sua espiritualidade, com toda pujança de uma vida construída, frente às suas lutas cotidianas, no embate dos preconceitos, no exercer o ser mulher, em suas vivências e passagens, em suas várias desconstruções construídas e nos convidando a, por meio de suas palavras, olhar a nossa própria vida e a contemplá-la, vivendo-a intensamente e não se permitindo não ser vivida. Derramei lágrimas, confesso, foi delicioso este processo de leitura e imersão em cada poesia aqui escrita, pois estas palavras que vos apresento também me foram um alento.

Por vezes, pensamos que a vida é tão complexa ou banal, vamos de um extremo ao outro, elencamos situações desnecessárias e adentramos por caminhos que não permitem uma segunda chance; e isso provém da nossa limitada leitura da vida, junto da falta de estratégias ou sensibilidade frente aos fatos que nos atravessam. Pois bem, lhes digo que as poesias aqui trazidas nos proporcionam a reflexão necessária ao equilíbrio do viver. As palavras dessa jovem poeta promovem vitalidade, nos privam de buscar um início ou tecer entendimentos a um fatídico fim.

Nas poesias aqui apresentadas, temos o gosto pelo viver, o refletir, o recuo frente a luta e, mais à frente, dois passos avançar para agir. No mais, aqui temos uma obra na qual a força da imparidade se faz presente e, como já falei anteriormente, a sobriedade ao falar do universo o qual vivemos, pois cada um de nós temos nosso particular mundo e somos atravessados por repentinas tempestades que belamente são retratadas nesta obra carregada em Filosofia de vida.

Sejam bem-vindos ao maravilhoso universo apresentado por Mari! E que estas belas palavras tragam alento e reflexões, tais que alimentem seus espíritos e fortaleçam as suas almas.

Pedindo licença ao grande compositor Marcelo Lobato, de O Rappa, lhes digo: *"o nascimento de uma alma é coisa demorada, não é partido ou jazz em que se improvise, não é casa moldada, laje que suba fácil, a natureza da gente não tem disse me disse".*

***Renato Preto Basquiat***

*Formado em Ciências Sociais pela Universidade do Estado do Rio de Janeiro (UERJ), carioca, morador de "Oswaldureira" – como gosta de ressaltar, professor, poeta, escritor de poesias e contos que convocam a reflexões do cotidiano social.*

# APRESENTAÇÃO

Pensar no que me trouxe até aqui, faz-me refletir sobre o que atrasou a minha chegada, o porquê de tantas horas de escrita abandonadas. Na época, inexperiente, imaginava ser "cantada"; hoje, madura, compreendo que era assédio e que não o reconhecia, por isso sofri calada.

A escritora depois da violência adormeceu; embora anestesiada, estava aqui, esperando só uma fagulha, um incentivo, um desafio para novamente ver o sol e da inércia sair. O assédio que um dia me travou, foi-se por meio de uma provocação positiva que meu coração inquietou. Se antes possuía uma cabeça infantilizada, encontro-me, neste momento, com um coração que é terra adubada por vivências passadas e que não deixam mais minha voz ser encerrada.

Bem-vinda, Mari Velasco! Marinalva cede o espaço para que, por meio de poesia, suas narrativas sejam contadas e recebidas com empatia, sem confrontos, sem julgo nem juízo de valor; a fim de que consigam externar sentimentos emudecidos, articulando-os como em uma roda de conversas necessárias, visto que nem sempre encontram espaços de fala. Essa sequência de atos pretende estabelecer interlocuções possíveis a um ambiente escolar, a uma conversa de bar e, principalmente, em família, na mesa do jantar – afinal, lar é proteção em que o diálogo precisa ter o seu lugar.

O livro é composto por 63 poemas narrativos dispostos como em um grande espetáculo de teatro – são nove atos, cujos protagonistas apresentam suas vivências em monólogos – como já nos confidenciou, na minha opinião, o maior dos poetas[1], o eu poético é um grande ilusionista – porque

[1] Aqui estou me referindo ao poema *Autopsicografia*, de autoria do poeta português Fernando Pessoa.

em suas narrativas funde e confunde ficção e realidade. A intenção é evocar problemas na esperança de que possam ser debatidos com empatia, pois há muito tempo estão a pesar no coração de tantos atores como aqueles cujas vozes se levantam nesta obra. Embora seja texto escrito, aqui é espaço de escuta afetiva.

Se a vida imita à arte e vice-versa, pode-se compreender que os atos aqui presentes refletem o espetáculo que a minha própria vida vem representar, desde a minha relação com a escrita, minha visão sobre o amor, meu período escolar – que não acabou, só de posição trocou, afinal, professora sou –; passeando por questões sociais que atravessam e sangram não só meu coração; e a saudade e a ancestralidade que dialogam, pois são reflexos de todos que percorreram e percorrem essa jornada conosco; enfim, experiências minhas, mas que poderiam ser as de qualquer indivíduo.

Convido-te a participar também deste espetáculo como protagonista, sente-se comigo para que possamos traçar juntos diálogos sobre as encruzilhadas em que nos encontramos e as vivências que nossas vidas atravessam. Espero que te reconheças nos atos que trazem as tuas experiências retratadas, aquelas que contribuíram para que fosses forjado, que te marcaram. Situações que, assim como em você, em meu coração fizeram e/ou fazem morada; questões tão nossas que só por nós mesmos devem ser contadas.

Puxa um banco ou escolha uma poltrona, se preferir, estique-se no chão ou no sofá, o papo será longo, pode até lágrimas causar, mas tudo bem, chorar enobrece. Então, tudo pronto? Respire fundo, dispa-se do medo que o outro lhe impõe, o espetáculo já vai começar... Então, vamos conversar?

*Mari Velasco*

# Sumário

# ATO 1: DESCONSTRUÇÃO

Para se encontrar, é necessário enxergar-se perdido, vagando pelo desconhecido, descobrir-se adormecido; mas diferente da história infantil em que se acorda por meio de uma violência sofrida, a dormência do escritor é resposta a uma agressão anterior, por vezes, subentendida, velada, porém sentida – para não mais chamar a atenção sobre o que transborda no papel, despede-se da pena, engaveta sonhos, queima ou rasga o papel.

A escrita é viva e clama por liberdade, na hora que vem à mente, em que se faz presente, precisa ter seu tempo respeitado, senão morre. Torna-se apenas mais um escrito no lixo em forma de folha amassada, por consequência, mais uma árvore morre em vão. Quando isso acontece, toda essa emoção esvaída volta a ser recolhida e a poesia volta a ser suprimida.

Gratidão a quem criou a arte e a ela deu bem mais que uma vida, já que a fez Fênix, que por mais que seja sufocada, de novo volta à vida. Poesia é Fênix querendo voar e que, à primeira provocação, me encontrou distraída, pôs-se em liberdade, de asas abertas para não mais em gaiolas voltar a morar.

Que bom que os "cortes" não só fazem jorrar sangue, mas nos ensinam a aprender a sarar, a transformar dor em beleza e a continuar a caminhar.

Então, ferida ou não, passo agora a minha poesia espalhar.

## 1.1. FAXINA

Faxina é revisão,
É limpar gavetas,
Levantar colchão,
Espalhar coisas pelo chão,
Não pensar em nada,
Priorizar a organização.

Faxina é dia de reencontro,
É esbarrar com algo "perdido",
Aquele propositalmente esquecido.
Quando se mora sozinho,
Não há como fingir não saber
Que o "ocultado" recém-esbarrado
Foi escondido de ti por você.

Faxinar é querer pôr tudo
Em seu devido lugar,
Mas como lidar com esse "achado"
Elemento cortante e inusitado?
Instantaneamente, volta o medo de me cortar...
Como movê-lo sem me machucar?
Será que dá para colocar
De novo a poltrona no lugar?
É possível fingir que não está lá?

Sofá escolhido "a dedo",
Espaço para repouso e aconchego;

Sem se lembrar, sem sequer imaginar
Que embaixo de conforto e beleza
Estava ocultada a tristeza,
Que novamente veio me visitar.

Agora entendo o porquê
De comprar um sofá tão grande,
Agora entendo seu peso
Que me impedia de movê-lo,
Entendo o meu excesso de zelo,
O cuidado ao passar o aspirador...
Sabia que estava ali,
Tentava fingir não existir,
Queria não mais me ferir,
Diante dele nem sei como agir.

Não, para! Nada de julgamentos!
Nunca ocultou um sentimento?
Algo do qual ainda não se livrou
E, de repente, não mais que de repente,
Com ele novamente se reencontrou...

# ATO 2: AUTOBIOGRAFIA

Eu, leitora que sou, preciso conhecer um pouco da escritora; bem mais do que pela voz de outrem, tem de se ouvir dela mesma o que diz sobre quem é, como se vê, bem mais do que isso: como se identifica.

Mulher, filha, esposa, irmã, tia, nora, cunhada, amiga, professora, cidadã preocupada, pessoa múltipla e intensa em tudo que se propõe a viver e a fazer. Nesta obra, fusionam-se a nova e a velha eu: uma escritora pela arte apaixonada.

*Aquela que começou a escrever ainda criança,*
*Mas que, depois de tolhida, hesitou, travou,*
*E a menina que habitava em mim silenciou...*
*Mas a Arte tem seu tempo e sua força.*
*Demorou, mas as amarras arrancou,*
*E, finalmente, o coração libertou.*
*Despreocupada, desprendida,*
*Agora escreve narrativas*
*Que sua alma atravessou.*
*É importante lembrar*
*Que o eu lírico toma o seu lugar,*
*É a história dele*
*Que a minha caneta vai contar.*

## 2.1. AUTOBIOGRAFIA

Sangue nordestino,
Oxente, seu “minino”.
Clara, desbotada,
Mas com as marcas da negritude
Pelo corpo estampadas.
Criada em círculo de proteção,
Foi do mundo privada,
Sendo a religião
Dessa criação aliada.
Assim crescia essa menina,
Neste mundo encerrada.

Não digo que fora má a criação,
Talvez um pouco limitada,
Reflexo de uma mulher
Com cinco filhos pequenos.
O importante é que amor
Naquela casa não faltava.

O tempo passou,
A menina cresceu,
A mulher desabrochou.
Com a educação se reinventou,
O muro da ignorância rompeu
E um novo mundo cheio de cor
E diversidade apareceu.

Mundo de questionamentos complexos,
Dogmas perderam o espaço,
Até a religião se transformou.
Sincretizada, a menina-mulher compreendeu
Que a maior e única religião é o amor.

Essa sou eu:
Mulher em construção,
Com afeição por quem encontra no espelho.
Feliz pelo que carrega no coração.
Pessoa cujo medo não faz parte,
É a dona de muita coragem,
Até a sua realidade metamorfoseou.

Sou mulher em constante (re)construção,
Nunca solitária, já que não estou só.
Minha existência é um coletivo
Cheio de mulheres envolvido.
Todas trabalhando pelo mesmo fim.
Chegar aonde eu precisar ir.

## 2.2. AUTODECLARAÇÃO

Reconhecer é se ver no outro,
Mas como se identificar,
Se você é o não "diferente" do lugar?
Como preta, me identificar
Em uma família inter-racial,
Em que a melanina cedeu o seu lugar
E negros de pele clara
A família veio permear?

Como uma criança pode se reconhecer,
Se ela perdeu, além do pai,
A referência de homem preto?
Se nesta paleta de diversidade,
Só sobrou o branco
E assim a identidade se "perdeu"?

Crescer em uma década
Em que o racismo recreativo
Na televisão era liberado,
Em que o preconceito vinha entreter
O cidadão alienado;
Diz para mim, como me reconhecer?
Diz para mim, como me identificar,
Se nem a boneca preta tinha em casa um lugar?

Por muito tempo, tentei me embranquecer,
Cabelo sempre alisar, de louro pintar,

Maquiagem para os traços
De negritude tentar apagar.
Mas não se foge de quem se é...
Um dia você vai acordar,
De frente com o espelho se deparar
E as provocações ouvidas
Sobre identidade vão chegar.
Aquele tal de pertencimento
E tantos outros questionamentos
Ouvidos naquelas rodas de conversa
Vão fazer você renascer...

Errou! Não houve convencimento,
Doutrinação ou ideologia.
Quando se tem conhecimento,
As coisas ganham novo valor;
A paleta se abre por inteiro,
Mostra muito mais opções de cores;
Você encontra o seu lugar, se reconhece,
Uma nova cidadã se desvela, aparece.
Prazer, essa sou eu.

## 2.3. QUEM SOU?

Para uns preto, para outros branco;
Há quem diga até que sou pardo,
Por que quer me classificar?
Me ensine para que eu mesma possa me identificar.

Na favela, todo mundo parece ter a mesma cor,
Cor que beira à indiferença;
Por vezes, o Estado com toda truculência
Se sente o capataz autorizado a me castigar.

Pobre não tem cor! Pobreza é condição!
Que faz homem, mulher e criança
Deixarem de ser cidadãos;
Ao ver seus direitos arrancados,
Seu nome ser marginalizado,
Sua história contada por outros
Que não conhecem todas as versões,
Que não sabem as reais condições
De precisar se velar de quem de fato se é.

De saber que o sonho de ser um dia
Bombeiro, bailarina e professor,
Hoje se esvai com mais um "não"
Para esse currículo em minha mão;
De quem nunca estudou, mas já se acostumou
Que sonhar é para poucos,
Pois o sonho reflete a esperança
Que um dia a necessidade me arrancou.

# ATO 3: METALINGUAGEM

O fazer poético é algo subjetivo, não é para ser descrito ou traduzido, exige apenas ser sentido e vivido. Desmembrar esse lirismo é uma façanha que a mim causa estranheza, encaro o poema como um organismo vivo, manhoso, teimoso que não aceita ser contrariado, que não foi feito para ser por todos ou qualquer um desvelado; para evitar equívocos ou contrariedades, melhor deixar que ele mesmo fale sobre si, quando se sentir à vontade.

## 3.1. SOBRE POEMAS E POETAS

O poema é um ser vivo independente,
Invade e toca
O coração da gente.
Nasce não sei onde,
Vem não sei quando,
Dura o tempo que quer.

Veloz como um corcel,
Se não eternizado no papel,
Se vai como uma brisa
Que não pode ser retida.

Os versos de um poema
Não vivem sozinhos,
Não nascem sozinhos,
Não andam sozinhos;
Se não tiverem em um contexto,
Sua beleza se perde pelo caminho.

Escrever poesia
É não ter domínio da pena,
É deixar-se guiar,
É ter seus sentidos mesclados,
É vivenciar uma sinestesia.

Por fim, quando a obra findar,
É não acreditar, é conjecturar:

Será que realmente saiu de mim?
Ainda não sei como eu o fiz...
Pobre poeta,
Quanta ingenuidade!
O poema ia se materializar
Mesmo sem tua vontade.

## 3.2. POR QUE ESCREVO?

Será que faço poemas?
Será que escrevo poesias?
Indagação sem resposta, sem explicação.
A pena precisa pousar sobre o papel,
O restante é com ela.
É ela que dita a direção.
É ela que vai transformar em palavras
Sentimentos e sensações que chegam ao coração.
Tal qual um passageiro na estação.
Lá não é seu pouso, mas passagem necessária,
É o meio de chegar ao destino.

A pena é a locomoção,
Pode ser comparada a um bonde,
Um ônibus ou até um avião.
Mensagem é passageiro e paciente,
Sabe que o destino certo às vezes demora
Ou um contratempo muda a direção,
Mas é insistente;
Sabe que lhe foi dada a missão pelo remetente.
Ao destinatário, precisa alegrar o coração.

Essa é a minha trajetória na escrita,
Muitas vezes, tão mal compreendida,
Outras tantas sem explicação.
Sinto-me folha errante levada pelo vento.
Durante o caminho, levo comigo as emoções passadas

Que, a cada nova parada,
Entregam ao destinatário a emoção endereçada.

Assim sou eu,
Não controlo a minha escrita.
Sirvo de meio para que vozes diferentes sejam ouvidas.
Desejo apenas que essas mensagens sirvam
De espelho a outras vidas, a fim de que essas dores
Não mais se propaguem, mas de vez se apaguem,
Trazendo um novo recomeço.

Achou a missão importante?
É sim, reconheço.
Mas não é só minha.
Sou apenas mais uma ferramenta
Dentro dessa tentativa de reconstrução,
Que passa por um coletivo:
Depende de mim,
Todavia também depende de você.
Então, já abriu seu coração?

# ATO 4: ADOÇÃO

Adoção é maternidade/paternidade iniciada no coração cuja gestação se dá fora do corpo. É entregar-se, mesmo com medo, aos braços de inúmeros desconhecidos (útero, local, progenitores, condições) – ciente de que o amor é a única resposta para esse clamor que grita à alma.

Essa é uma seção destinada às famílias que não aceitarão preconceitos, rótulos ou falta de respeito, afinal, família é família e pronto! Não busque outra designação! Isso, neste ato, não está aberto à discussão.

## 4.1. DNA - DIFERENÇA NENHUMA PARA AMAR

Amo meu papai,
Dele não abro mão.
Paternidade não tem categoria,
Nem classificação.

Uma vez me disseram:
Teu pai não é o original.
Não entendi o motivo,
Se ele em comparação aos outros
Faz tudo igual.

Será que me confundi?
Será que troquei "genial" por "original"?
Papai é fora do normal!
Me leva à escola,
Está sempre comigo,
Brincando, sorrindo,
Me amando, cuidando,
Me fazendo sorrir.
Nas tarefas de casa,
Antes de eu dormir,
Se eu preciso dele,
Está sempre aqui.

Ah, tá... Entendi.
Está falando de sangue, de DNA...

Diferença Nenhuma para Amar.
Papai é amor,
Sinônimo de amar.
Se sangue é qualidade de bom pai,
Agora vou te ensinar:
Há progenitores a seus "filhos" maltratar
De tantas formas, melhor nem mencionar.

Paternidade é querença,
De sangue ou não,
Não há diferença.
Pai é amor,
Nem precisa ser da mesma cor.
Pai é aquele que, contigo,
Do lar faz abrigo
Para o amor morar.

## 4.2. FAMÍLIAS

Por que se incomoda
Com a minha condição?
Sou adotado
E isso nada tem de errado.

Vê se aprende,
Só uma vez irei ensinar.
Se a palavra "família"
No dicionário for procurar,
Assim irás encontrar:
"Grupo de pessoas
Vivendo sob o mesmo teto",
A isso chamam lar.
Entendeu?
Calma, a lição já vai começar.

Vim de uma casa desconfigurada,
Nenhuma família havia por lá;
Porém a lei me obrigava,
Dizia que ali eu deveria morar.
Lá eu não me encontrava,
Não tinha ninguém para amar.

Certo dia, em um abrigo fui parar,
Foi onde papai e mamãe encontrei,
Para casa me levaram
E finalmente em um lar fui morar.

Diferente de tudo que vivi,
Descobri que família é amar.

Aquela definição de família,
Lá do dicionário,
Você deve esquecer.
No lugar, era para estar:
Família é onde se aprende a amar!
Família é abrigo, é proteção!
Família é segurança, é cuidar!

Nessa relação, o importante
Não é o mesmo sangue compartilhar,
Entendeu agora?
Sou bem resolvido,
Nem adianta tentar,
Sua discriminação
Não vai me abalar.

## 4.3. MATERNIDADE

Ser mãe não deveria
Começar do acaso;
Resultado de um descuido ou descaso,
Nem papel social a cumprir.

Maternidade deve ser o resultado
De um plano, um desejo,
Que pode ser solo
Ou dividido com um(a) companheiro(a).

Maternidade é escolha atrevida,
Vale por toda vida,
Vale até da maternidade ser desprovida.

Maternidade é um entrelaço de afetos,
É uma gestação iniciada no coração
Que nem sempre tem o útero
Como meio de realização.

Não há mais ou menos mãe;
Mãe é mãe!
Não há outra classificação!
Se não falamos em "mãe por gestação",
Por que teimas em usar
A expressão "mãe por adoção"?

Basta de discriminação!

Quanto a isso agora
Irei te avisar,
Não tente com teu preconceito
O meu filho alcançar.
Se mesmo assim o fizer,
Uma leoa feroz irás encontrar.

# ATO 5: AMOR

É paradoxal que uma palavra tão pequena possa englobar algo tão vasto e universal. Como é possível que apenas quatro letras sejam capazes de abarcar essa junção de sentimentos, delírios, atos e desejos?

Aqui, tentaremos falar sobre o amor em suas diversas manifestações; será, assim como seu nome, uma suscinta apresentação que passa pelo autoamor, pela atração entre as pessoas, pela bem-querença entre amigos, pelos devaneios de amar e o medo de não ser amado, além da mais genuína forma de amar: o cuidar – esse é silencioso, autêntico, desprendido. Amar é cuidar dos queridos, estender a mão ao desconhecido, é abrigar até o dito inimigo. Complexo? Não. Inexplicável. Esse sim é o amor.

## 5.1. AUTODECLARAÇÃO

Adentro almas,
Invado pensamentos
De corações distraídos ou atentos.
Sou voraz tsunami,
Não nasci calmaria,
Queria ser apenas berço da alegria.
Mas essa minha estranha magia
Também traz mágoa e tristeza.
Às vezes, chego calado, disfarçado
Te jogo nessa encruzilhada fechada
De felicidade e dor.
Pronto, sem que perceba,
Te tomo de assalto.
Tu que não acreditavas
Que eu existia,
Quanta ironia,
Já tomei as rédeas da tua vida.
Adentrei,
Me instalei,
Boa sorte.
Sou loteria de sentimento.
Assim sou eu, o amor.

## 5.2. SOBRE PAIXÃO E LOUCURA

De repente me vi pensando em você,
Dá até vergonha de dizer.
Foi um pensamento ardente,
Nossos corpos quentes
Explodindo de prazer.

Eu sonhava acordado,
Você ali do meu lado
Em busca de um deleite insano.
Nossos corpos profanos
Como um sedento em frente a um oásis.
A esse desejo nos entregamos.

Era tanta confusão,
Ainda sinto teu corpo
Em minhas mãos.
Tua respiração ainda dita
As batidas de meu coração.

Minha alma enebriada de você,
Eu com medo de te perder.
Queria para sempre
Em teus abraços permanecer.

Ah, se um mundo parasse
Ou quem sabe acabasse,
Nem assim nosso amor acabaria,

Mas sim a eternidade a ele abraçaria.

Ah, morte não me leve agora,
Se for, não me leve sozinho,
Leve também meu amor.
Sem ele não pagaria o barqueiro,
Ia ficar vagando por aqui
Só seguindo o meu amor,
Até que ele comigo de novo se encontrasse
E a minha existência voltasse a ter sabor.

Pode parecer loucura,
Para alguns obsessão,
Para mim é a mais ardente paixão.
Sentimento forte e sem cura
Que não consigo arrancar do coração.

Quem sabe um dia eu me declare.
Ah, quem sabe um dia
Esse fogo arda de verdade.
Quem sabe um dia a gente viva essa paixão.
Até lá, viverei de sonho e fantasia
Imaginando como seria
Se esse amor se materializasse.

## 5.3. PACTO

Sentimento complicado,
Difícil de explicar,
Para uns é uma desgraça
Para outros redenção.
Amor, por que amar?
Por que não vais embora,
Se insiste em me fazer chorar?
Queria de ti me livrar,
Queria a ti dizer adeus,
Sentimento teimoso
Que insiste em doer.
Mais uma lágrima rola,
Um rio poderia
Com as minhas encher.
Amor, ser independente,
Já que insistes em ficar,
Por que então o coração
De quem amo
Também não decides habitar?
Ah, sentimento vadio,
Pare de me maltratar,
Qualquer hora dessas
Meu coração pode parar;
E você vai perder
Seu espaço de morar.
Vamos entrar em acordo,
Tomar uma decisão:
Ou me abandona de vez
Ou me leva a habitar outro coração.

## 5.4. PÓDIO

Ingênuo, atirei flores pela janela,
Queria por cores no meu mundo gris.
Pensava que o problema estava nela,
Culpava-lhe por não mais sorrir.

Não sabia que felicidade é opção,
Batalha diária, semente amada,
Cuidada e jamais olvidada,
É arar um pouco a cada dia o coração.

Não aceitar ninguém te subjugar,
Tomar o troféu, no pódio da vida,
Se colocar em primeiro lugar.

Felicidade é planta que cresce dentro,
Cultivada e regada de bons sentimentos
Certo de que és seu próprio epicentro.

## 5.5. AMOR DE ENCRUZILHADA

Sinal fechado,
Olho para o lado.
Nossa, que olhar!
Então, me sorri
Nem acredito que era pra mim.
Tento disfarçar,
Começo a corar,
Não é possível
Que o amor
Veio sem eu esperar.
Tentamos nos falar,
Mas abre o sinal.
Estamos de carro,
Um trânsito infernal.
Muitas buzinas,
Muitos carros a arrancar,
Pelo jeito não será dessa vez,
O amor vai ter de esperar.
Antes que eu pudesse imaginar,
Seu celular pela minha janela jogou.
Sorrindo, um beijinho lançou
E o trânsito finalmente o levou.
Me sobrou o celular,
Agora é esperar
Que o amor nascido em uma encruzilhada
Faça dos nossos corações
Sua eterna morada.

## 5.6. SEM AMARRAS

Amor?
Quero um que me complete,
Que a mim venha somar
Mas não estou desesperada,
Se não for para ser assim,
Melhor mesmo é não casar.

Casamento é opção!
Não o quero por convenção!
Vejo mulheres deixarem de viver
Para um relacionamento infeliz manter.

Nessa matemática fria,
Em que se é ou não casada,
Sigo a minha alegria
De por mim mesma ser amada.

Viver uma relação
Baseada em anulação,
Em que se deixa de existir
Para um casamento manter,
Nem no meu pior pesadelo
Seguiria esse modelo.

Vejo mulheres subjugadas,
Muitas vezes humilhadas,
Optarem pela ilusão
De se manterem casadas.

Algumas mulheres têm
Até seu dinheiro
Por seu marido tomado.
Prejuízo passa de emocional
A também financeiro.

Não digo que casamento
Não me cabe ou que desisti,
Mas família só para álbum
De fotografia, não é pra mim.

Peço só a gentileza
De respeitar minha decisão;
Sou mulher livre e feliz
E disso não abro mão!

## 5.7. AVIÃO DE PAPEL

Mulher livre, independente,
Essa sou eu. Amante da vida,
Da natureza, confidente.
É nela que deposito tristeza;
É nela que reenergizo alegrias.

Sou como rio
Que se deixa levar pela correnteza.
Me jogo sem medo,
Aventureira da vida com certeza.

Não quero ver a vida passar,
Não quero pensar que a vida passou
Sem eu poder ver o mar,
Sem sentir o intenso poder do amor.

Quem quiser comigo ficar,
Vai precisar se esforçar,
Correr para me alcançar,
Não pedir para eu parar,
Não tentar aprisionar quem sou.

Quero a brisa tocar,
Sentir o sol minha pele torrar,
Dançar na chuva quando ela chegar,
Rir de tudo, até de quem sou.

Essa sou eu:
Folha errante, alma livre,
Na vida não vim ser visitante,
Sou protagonista, atuante.

Claro que quero um amor,
Mas ou vem do meu jeito
Ou se tentar ser diferente,
Nada feito.

Sou como avião feito em papel,
Não dá para tentar ignorar
As marcas depois que a folha desdobrar;
Folha que virou avião
Só serve para voar,
O céu é a única direção.

## 5.8. LOUCA DE AMOR

Por ti perco os sentidos,
Por ti corro perigo,
Estar contigo me leva ao paraíso.
Pode até ser clichê,
Saiba que eu amo você.

Quando sinto teu cheiro,
Fico enebriada de desejo.
Te amar é me confundir,
É me perder em você.

Em nosso emaranhado de pernas,
Nossos corpos se completam;
Não dá para esquecer
Minha boca seca
E me afogo em você.

Uma vez conversando com amigos,
Me pediram para eu te descrever:
Como se retrata um coração?
Fácil fazer.
É minha canção predileta,
É a minha primavera,
Passarinhos na janela,
Arco-íris após o temporal.

Eles ainda não satisfeitos,

Como se tivessem esse direito,
Continuaram a investigação.

O que temos de especial?
Basta olhar para gente,
São sorrisos tão cheios de dentes,
Gargalhadas sem fim.

Meu amor melhora os meus dias,
Minha vida é só de alegria,
Nem sei como retribuir.
Só peço a Deus em prece
Que por muitos anos nos deixe aqui.

## 5.9. BEIJA-FLOR MISTERIOSO

Pequeno beija-flor
Que a minha janela
Estás todos os dias a visitar,
Trazendo pólen em seu bico,
Novas flores começaram a germinar.

Oh, beija-flor misterioso,
Que tua origem permanece a esconder,
Nos teus olhos enxergo cicatrizes
Que teu bico teima em não dizer.

Amigo beija-flor,
Se nossa janela abrimos para ti,
Evidência que prazer
Sentimos ao te receber;
Que encontrarás aqui abrigo
Sempre que precisar recorrer.

Beija-flor receoso,
Que pela desconfiança se deixa levar,
Abra este coração,
Sem medo de se mostrar.
Estás entre amigos,
Finalmente podes respirar;
Desvelar essa face cuja máscara
Andas cansado de usar.

Assim é a amizade:
Pessoas em exposição,
Sem julgamentos nem preconceitos,
Todavia com muita honestidade,
Relação pautada na sinceridade.

Por isso, beija-flor,
Na próxima visita,
Não tenha medo de se expor
Aqui acusadores não ocupam posição.
Nesta casa, o único mediador é o coração.

## 5.10. DAMA DA NOITE

Anoiteceu, hora de ir trabalhar.
Meu escritório é a rua,
Onde clientes vou encontrar.
Na labuta, sigo até dormir a lua
Ou quando não mais aguentar.

Trabalho diário e árduo,
Mal consigo nas pernas me aguentar;
Preciso seguir, tenho filho pequeno,
Pais idosos e doentes
Só contam comigo, sem parentes
Nem ninguém para me ajudar.

Hoje reabri minha matrícula,
Quero voltar a estudar,
Preciso deixar essa vida.
Mais uma pneumonia papai enfrentou,
Novamente o sonho de me formar
Infelizmente adiou.

Todas as noites, sigo pelas calçadas
Idealizando tudo que quero realizar;
Mas me deparo com mais um cliente,
Sai de cena essa vivente
Para sua personagem entrar.

Quem trabalha na noite não sou eu.
O corpo que usam não é meu.
A menina sonhadora ficou em casa,
Dorme com seus três amores,
Agora dá a vez a uma dama da noite
Que por eles aguenta horrores;
Humilhações, perigos, temores,
Melhor parar de pensar e reclamar,
Chegou a hora desta dama da noite trabalhar.

# ATO 6:
# COTIDIANO ESCOLAR

Professora atravessada por problemas de pessoas cujas vozes não foram preparadas para se fazerem ouvir, muitas sabem gritar ou conseguem expor o que sentem, sendo incapazes até de identificar assédio e agressão. Vozes silenciadas e moldadas para só dizerem "sim" a qualquer situação.

Este ato é um grito de denúncia, histórias que precisam ser contadas, exemplos para que não mais haja narrativas como essas a serem enfrentadas.

## 6.1. SANGRAR NÃO É A SOLUÇÃO!

Sempre que o coração apertar,
Transforme tua dor em beleza,
Deixe a pena tirar,
Sem a pele cortar,
Simplesmente, escreva.

Sempre que achar
Que seu sofrer
Só a lâmina pode aplacar,
Use o papel em seu lugar
E deixe a caneta falar.

Não me venha dizer
Que não posso opinar,
Se há muito te vejo padecer,
Sim, eu enxergo você!

Ouço teus gritos
Tão desesperados
De alguém despedaçado,
Perdendo o ar.

Alguém que acredita
Que suas agruras
Somente um ato de loucura
Consiga acalmar,
Penso que, nesse momento,

O mais insano a se cometer
É começar a escrever...

Vais encontrar no papel
O amigo fiel
Que nunca com críticas
Vai te receber.

Chega de imaginar
Que sangue é redenção,
Que, simplesmente,
Podes pôr outra dor no lugar.
Basta de automutilação!

Dor mais dor não se anulam,
Nem a menor irá se calar;
É besteira acreditar
Que a dor da carne
A do coração irá encerrar.

Não castigues tua carne,
Nem desista da vida,
Por mais que sofrida
Encontrarás libertação;
Para isso agora desarme
Não só as mãos, mas o coração.

Quantas vezes a lâmina
Tua pele cortou

E não se curou?
Na verdade, ela não cura,
É uma droga a escravizar
Que aos poucos perde o suposto "efeito"
E novamente vai te procurar,
Pedindo um pouco mais;
Porém cada hora com mais intensidade,
Até um dia, sem pedir licença,
Tua vida estará a levar.

Veja, ela não trabalha para você,
Não ameniza o teu sofrer,
Por isso troque de estratégia:
Pegue papel e caneta
E comece a escrever.
Para! Isso não é besteira!
Se funcionou comigo,
Pode funcionar também com você!

## 6.2 BALA PROMETIDA

Mataram meu irmão!
Não sei se polícia ou ladrão,
Ele estava na escola
Quando começou a operação.
Na aula de Sociologia,
A professora esclarecia
O que é ser cidadão.

Mataram meu irmão!
Ninguém sabe como aconteceu,
Nada se sabia sobre o perigo,
Escola era para ser abrigo,
Lugar a ser protegido.

Quando se ouviu o primeiro tiro,
Nem deu tempo de correr,
Ninguém conseguiu se proteger.
Acertaram o meu irmão
Bem no seu coração,
Não foi na "cabecinha"
Como ironicamente se dizia...
Nem deu tempo de socorrer.

Agora querem meu irmão homenagear,
Disseram que a escola
Seu nome irá ganhar,
Como se isso fosse
As lágrimas da mamãe encerrar.

Tiraram de nós o direito
De gritar no seu funeral,
Cobrando das autoridades
Uma justiça de verdade,
De poder levar os assassinos
À corte marcial.

Como lutar por justiça
Quando não se conhece os autores?
Morreu sem direito à justiça
Como tantos pobres favelados
Que todos os dias têm seus direitos arrancados.

Escola deve ser sinônimo de esperança,
Morte de um estudante
É metáfora de fracasso!
Descreve o descaso
Com o futuro das pessoas
Daquele lugar.

Meu irmão, menino estudioso,
Agora é só mais um preto pobre
Que passa às estatísticas participar.
Nas redes sociais
Apareceu um animal,
Travestido de homem de "bem",
De "índole" e "moral",
Questionando o porquê
Da morte de meu irmão,
Taxando-o como marginal.

Como um estudante,
Armado de livros,
Em sua aula pode perigo oferecer?
Só se ele reflete o conhecimento,
Esse sim é para temer.
Conhecimento traz esclarecimento
De nossos direitos
Aos quais devemos recorrer,
Para que nunca mais
Tragédias como essa
Outras famílias venham a sofrer.

## 6.3. ASSÉDIO NÃO É RECREAÇÃO!

Durante muitas décadas,
Era "permitido" menosprezar o colega
Por ele ser "diferente",
Pobre, preto, deficiente
Ou, simplesmente, por não andar
Com seu opressor.

Essa permissividade vinha
Disfarçada de "brincadeira".
Diziam que era só uma "zoeira"
Acompanhada daquela frase perversa:
"Quem isso nunca viveu?"

Na escola, esse assédio moral
Ganhou designação própria:
Bullying.
Não venha me dizer
Que o "politicamente correto"
Estraga as relações.
Assédio desperta depressão!
Assédio destrói um coração!

Brincadeiras devem alegrar
A todos, sem distinção.
Usar uma pessoa
Para divertir outra ou um coletivo
É covardia, humilhação.
Prevista na Lei 13.185.

Preste atenção!
Se bullying você cometer,
Não hesitarei em usar
Os rigores da lei;
Na justiça, terás de responder.

## 6.4. CEIFADOR DE SONHOS

Passarinho canta,
Dia amanhece,
Hora de levantar.
Pensamento acelera,
A cabeça me diz
"É mais seguro aqui ficar".
Respiração ofega,
Começo a chorar.
O medo logo me toma,
Travo, não há nada a fazer,
Não consigo me levantar.

Marido me chama
E logo reclama:
"Lá vem de novo você!"
"Será que nunca posso em paz o dia começar?"
Quem disse que é sobre ele?
Quem disse que tenho controle?
Quem disse que quero assim estar?

Queria não mais sentir,
Mas o medo toma conta de mim.
Me arranca as pernas,
Não me deixa andar.
Queria voltar novamente a ser eu,
Algo em mim se perdeu.

Desde aquele dia na escola...
Desde que aquele aluno
Sua arma me apontou...
Desde aquela coronhada,
Algo aqui dentro se quebrou;
Estou com a alma ferida,
Machucada, dilacerada.

Passo o dia transformando
Dor em pranto,
Foi bem mais do que quase perder a vida;
Ele arrancou minha esperança,
Meu sonho com educação,
Meu trabalho preenchia meu coração.
Imagino-o como um distribuidor de sonhos,
Ensinava a ter aspirações,
Contribuía com as projeções,
Isso eu imaginava...

Hoje, acho que era ilusão.
Sair da cama, para quê?
Não preciso rever as cenas
Onde o ceifador de sonhos
Não quis entender
Que, na vida, existem muitas rotas
E que a dele era a pior
Que se poderia escolher.

Soube ontem que esse menino,
Por vontade do "seu chefe",
Foi levado a falecer.
No muro da escola,
Esse homem poderoso
Mandou escrever:
"Que sirva de lição,
Bandido não tem coração,
Mas sabe o que é gratidão
Pelo local que, quando menino, o amou
E a ele soube acolher".

Estou sem esperança,
Afinal, eram duas crianças
Cuja mensagem de um futuro diferente,
Com honestidade, amor e paz
Não souberam entender...
Diz para mim,
Será que agora é capaz de me compreender?
Fala para mim,
Se fosse você conseguiria sair daqui?
Então, diz-me o que iria fazer.

## 6.5. NOTA NÃO É VALOR

Os objetos têm preço,
Assim são mensurados.
A sociedade se acostumou
A enumerar até as relações,
Como se pudesse
Essa estratégia ser
Para tudo utilizada.

Há professores presos
Nessa perversa contabilização,
Como se números
Revelassem meu valor.
Como se pudessem mensurar
A construção do conhecimento
Que em mim se enraizou.

As notas podem ser reflexo
De um momento específico,
Símbolos da tristeza e da dor;
Por isso, professor,
Peço que repense
Seus modelos de avaliação.
Peço que não ocorram em um dia determinado,
Mas que sejam resultado
De um processo contínuo e humanizado.

## 6.6. SILÊNCIO NAS ESCOLAS

Escola?
O que é escola?
É um emaranhado de gente
Que se encontra pelos corredores
Em uma confusão pungente:
São desejos e sonhos diferentes,
São porquês que, muitas vezes, nem têm razão de ser.
Namorar? Não quero.
Zoar? Também não?
Estar com o outro? Fazer amigos?
Não consigo. Estou preso em mim.
Ah, claro... Escola... Estudar...
Estudar? O que? Para quê?
Também não consigo...
Estou preso mim...
Preso em uma tristeza
Que a pandemia me condenou
Ou somente libertou,
Ou eu só passei agora a enxergar.
Se estou com as pessoas, sinto-me só;
Se estou só, pensamentos ruins me devoram a alma;
Quando percebo, já rasguei a minha pele,
Estou sangrando e isso ainda não me acalma.
Tento gritar SOCORRO,
A voz não sai;
As lágrimas rolam,
Tento esconder,

Mas queria que alguém me visse,
Que ao olhar em meus olhos me lesse,
E quem sabe eu escutasse:
— Estou aqui.
E com um abraço, enfim,
Essa tristeza se acabasse...
Ih... Era para falar de escola...
Que tal uma outra hora?

## 6.7. TODOS IGUAIS

Corre, a aula vai começar.
Hoje tem teste de português,
Mas não deu para estudar.
Ontem foi dia de operação,
Na minha casa, andamos abaixados
Desde o último tiroteio,
Em que o vizinho da casa do lado
Morreu baleado.
Como estudar diante
De tamanha apreensão?

Ouço as pessoas dizerem
Que somos todos iguais,
Que basta se esforçar,
Que tudo é questão de meritocracia.
Palavra perversa
Que, embora rime com democracia,
Carrega consigo uma carga de tirania;
Afinal, como podemos ser iguais,
Se nossas realidades são tão diferentes?
Que régua é essa que aproxima a gente?

Onde está a igualdade,
Se na minha escola
Perdemos aulas por conta da violência?
A mesma que não me deixa dormir,
A mesma que me furtou o direito

De fazer a prova para a Escola Federal,
Quando terminei o Fundamental.

Nem paguei a inscrição,
Minha professora falou sobre isenção.
Período em que não dormia,
Queria e sabia que precisava estudar.
Mas, na manhã da prova realizar,
Por um tiroteio fui impedido.
Vi meu sonho ser subtraído.
Sem ter o que fazer,
Me pus a chorar.

No outro dia, descobri
Que se eu tivesse feito
A prova, gabaritava.
Mais um sonho a engavetar.
Mas o que importa mesmo
"É que todos somos iguais".

Na aula, aprendi palavra nova: equidade.
Essa sim espelha a realidade,
Somos iguais, mas precisamos
De reais condições,
Para que as disputas sejam justas.
Desde então entendi o porquê da luta
E para isso não me falta disposição.
Vou fazer como aprendi,
Não quero só para mim,
Todos temos direito à felicidade.

## 6.8. O FIM TAMBÉM É O RECOMEÇO

Ontem dei entrada na minha aposentadoria.
Há muito que sonhava, queria
E agora como vai ser?
São planos que não irão acontecer...

Foram tantas projeções,
Viagens, passeios, jantares, exposições;
Tudo minuciosamente traçado,
Só faltou combinar com meu ordenado.
Parece até que esqueci
Que era professora.

Salário mal custeia as despesas mensais,
Isso ignorando a medicação,
Consequência direta das coisas vivenciadas
Durante o exercício da profissão.

Este é meu último diário.
Queria só sentir gratidão.
Em mim, ao contrário, aflora apreensão
Depois de quase três décadas,
Ver que o mundo em quase nada mudou.

Depois de tantos anos de magistério,
Depois de tantas horas trabalhadas,
Tantas formas de difundir educação,
Trabalhos inclusivos, reflexivos, de socialização.

Como explicar toda essa estagnação?
Vou me aposentar sem sentir
Aquela sensação "de dever cumprido",
Como se meu trabalho
Não tivesse o seu valor.

Tantos foram os enfrentamentos,
Tendo de gritar pelos meus alunos
Que sofrem muitos tipos de violação:
Fome, maus-tratos, abusos, espancamentos...
Tantas mazelas que, ainda hoje,
Reverberam em meu coração.

Como sair de cena em paz,
Se o filho do oprimido
Sofre as mesmas violências que seus pais?
Como parar, se no confronto de armas,
Nossos alunos são os mortos
Que a estatística vai contabilizar?

Saudade da professora
Que, na primeira vez, em sala de aula,
Sonhava que através de seu alunado
Transformaria toda nação.
Paro hoje, na certeza,
De que outras tantas professoras
Prestes à sala de aula ingressar,
Com suas ações a sociedade
De suas enfermidades irá se curar.

# ATO 7:
# QUESTÕES SOCIAIS

Empatia é projetar em si o que fragiliza o outro – não é a busca pelo próprio reconhecimento, muito menos, a tentativa de se sentir uma espécie de "herói" ou "protetor". Ela passa por se enxergar no outro; sentindo sobre si o problema que o aflige, é partilhar a mesma dor, é estar disponível oferecendo um abraço acolhedor. Aqui, temos muitas narrativas encerradas e muitas outras que as trajetórias ainda podem ser modificadas; quem sabe juntos consigamos contribuir para que essas mazelas sejam findadas.

## 7.1. VIOLÊNCIAS DOMÉSTICAS

### 7.1.1. FILHO AO MEIO

Às vezes me pergunto
Para onde ir;
Na mesma hora, mudo de assunto,
Tento abstrair,
Isso não é fácil de digerir.

Sou o filho do meio:
Sim, tenho dois irmãos,
Mas não compreendes,
Não é desse jeito...
Sou o mais velho,
Sou o filho que ficou ao meio,
Aquele cujos pais se separaram
E novas famílias formaram.

Por mais que digam
Que tenho duas casas,
Na verdade, não tenho nada.
Minhas coisas estão espalhadas
Nos quartos dos meus irmãos,
Onde passo temporadas
Meus pais têm a tal guarda compartilhada.

Naqueles espaços,
Não tenho morada.

Na minha mãe, o quarto é rosa
Com princesa na parede pintada
Minhas coisas ficam guardadas;
Em um roupeiro em formato de castelo
Minha cama coberta
Por um edredom de fada,
Nada tem a minha cara.
Mamãe diz que sou compreensivo, um amor
Sinto-me daquela família,
O excluído, o invisível, o sofredor.

No papai é um pouco pior,
O quarto em que vivo é o do bebê,
Minha cama é a da babá
Que por falta de grana
Ainda não há.
Mas não pense que é a cama oficial,
Durmo numa espécie de gaveta
Para manter sempre a organização original.
Papai diz que estou um rapagão:
"Querida, ele entende que isso é normal".

O que seria "normal"?
Se estou no papai,
No quarto não posso ficar.
"Olha o barulho! O bebê vai acordar".
Eu tinha prova de Matemática,
Só queria estudar...
Com o barulho da casa,

Não consigo me concentrar,
Mais um zero para conta
Que não conseguirei explicar.
Na verdade, nem quero tentar.
Certa vez, eu tentei,
Ele mandou eu me calar;
Exigiu que eu pedisse
Desculpas a minha madrasta,
A única dona do lar.
E de castigo de novo
Aquela temporada estive a ficar.

Na mamãe, eu tenho até um pouco de carinho,
Mas ela não esconde como está feliz:
"Hoje tenho a família que eu sempre quis".
Entretanto, no retrato na parede, não estou ali.
Lá eu até consigo estudar,
Ela instituiu a hora do sono
Para minha irmã cochilar;
Tenho sempre meia hora
Para as tarefas terminar
E meu material esconder.

Na última vez, o meu livro
A pequena desfolhou, rasgou tudo,
Foi um horror.
O castigo para quem sobrou?
Para mim, que o material não guardou.
Eu estava estudando,

Ela ainda dormia,
Fui água pegar
Quem diria que ela seria tão rápida...
Tentei desfazer o engano,
Consegui a proeza de um ano de castigo ficar.
Além de ficar na mamãe,
Chegando ao papai a surpresa:
Estava de castigo lá também...
Que beleza!
Para aprender o dinheiro não extraviar.
"Nem adianta argumentar,
Meu dinheiro é suado,
Isso barato não sairá".

Queria que um dia o amor
Fosse dobrado como o castigo
E eu não me sentisse mais
O filho postiço;
Agregado, perdido
Não querido, não amado,
Aquele por quem os pais
Só tem compromisso;
O amor ficou comprometido,
Incapazes de enxergar
Como estou ferido.

Assim estou crescendo,
Em casas sempre cheias,
Todavia tendo a solidão

Como a minha única companhia
A quem falo desse vazio
Que carrego em mim.
Sentimento que parece nunca terá fim.
Não sei mais o que esperar...

No banho, sempre estou a chorar,
Banheiro lugar melhor não há;
Finalmente sozinho consigo estar,
Fico imaginando o que aconteceu...
Na separação da nossa família,
Só quem perdeu fui eu.
Entretanto, até agora ninguém percebeu
Que me sinto como um móvel usado
Que caiu da mudança,
Diante de uma bifurcação:
De um lado "casa do papai",
Do outro "casa da mamãe".

Mas dali não me tiram...
Ora cada um me leva
Para o seu espaço;
Porém, logo me devolvem
E eu volto à mesma condição...
Entendeu agora?
Um filho ao meio do caminho...
O filho do meio:
Este sou eu.

### 7.1.2. VIOLÊNCIAS VELADAS

Aquela voz da minha cabeça
Não quer sair,
Fica me dizendo
Que nada tenho aqui,
Que na rua irá me jogar,
Que meu destino será mendigar.

Não venha me dizer
Que ficar com os filhos
Não é profissão,
Se isso no passado
Por ti a mim foi imposição.
Boba, eu imaginava
Ser uma combinação.
Não entendia que essa proibição
É o tipo mais comum de agressão
E que já sofria desde então.

Fui criada para ser mãe,
Esposa me tornar,
Para com meu marido
Velhinha ficar,
Sempre obediente
Para a família preservar.

Exigiu que eu deixasse o emprego,
Dizia ter medo de traição,

Me isolei do mundo só para te agradar,
Aprisionada à casa estive a ficar
E assim nem vi os anos passar.

Filhos criados, já bem encaminhados,
Resolvi voltar a estudar;
Mais uma vez, tentou me anular
Queria muito poder me formar.

Outra guerra começava,
Você de tudo me chamava,
Vencido pelos filhos
Que me incentivavam.
Período difícil de aguentar.

Quando não me buscava
À espreita sempre estava,
Procurava o que não havia
Finalmente, o Ensino Médio
Aos trancos e barrancos, eu concluía.

Naquela época, não entendia
O que é agressão.
Que viver sempre sob pressão,
Um dia viraria medicação
Para um mal silencioso: a depressão.

Se me anulei pela família,
Se deixei o mercado de trabalho

Para os meus filhos educar;
Se antes não tinhas nada,
Se sacrifícios juntos fizemos na caminhada,
Como não tenho direitos
Se tanto me esforcei
Pela gente nessa empreitada?

Insultos, injúrias, ameaças,
Eu pensava serem frutos de cachaça
E assim, mais uma vez
Eu te perdoava.

Mas o ciclo da violência nunca termina,
É uma gradação, uma escalada;
Deixamos passar a primeira,
Ignoramos a segunda,
Desacreditamos tantas outras que se seguem,
Só compreendemos quando a agressão física
Demora, mas aparece.

Cheeeeega! É hora de dizer não!
Tantos anos, tantas formas de agressão
Que me adoeceram.
Hoje, para dar um fim,
Sozinha não consigo,
Preciso de carinho e atenção.
Basta de viver essa violência velada,
De ter a voz silenciada,
Para parecer a família idealizada.

Me empreste a tua mão,
Cansei de medo sentir,
Me ajude a conseguir
Em direção à delegacia
Devo seguir.
Aquele maldito precisa saber,
Que dele vou me defender,
Que o ciclo de violências
Vou interromper;
Porque eu quero viver
E quem sabe um dia feliz
Ainda eu possa ser.

### 7.1.3. DE HERÓI A ALGOZ

Gritos, choro,
Coisas quebradas.
Não é filme de terror,
É outro dia de horror
Em que meu pai é o agressor;
Que difícil aceitar
Essa afirmação:
Meu pai comete agressão!
Eu sou uma das vítimas desse vilão.
Quanta decepção!
Não sei onde isso vai parar.
Preciso ser forte e minha mãe ajudar.
Quanta frustração!
Meu pai é o nosso algoz,
Aquele que não tem pena de nós,
Como é difícil aceitar
Essa afirmação:
Meu pai comete agressão!
Como acionar a justiça?
Como chamar a polícia?
Como meu pai proibir
De em nossa casa entrar?
Olho as outras famílias,
Me pergunto o porquê da tirania,
Onde ele quer chegar?
Assim sigo ferida,
Durante muito tempo perdida,

Me sentindo ao meio;
De um lado a vítima,
Minha mãe, sempre tão carinhosa e aguerrida;
Do outro seu algoz,
Meu pai, para mim um trabalhador, um herói.
Hoje vejo sem inocência
Que, quando há violência,
Não existe ninguém ao meio;
Existe uma trincheira
Onde só há dois lados.
Como é difícil aceitar
Ser vitimado, ninguém quer esse lugar.
Como é difícil enxergar
Que meu pai é um agressor,
Bem mais que opressor
E eu também sua vítima sou.
Não será fácil de agir,
Mas de nossa casa e vidas
Ele precisa sair.

# 7.2. FEMINICÍDIO

## 7.2.1 OUTRA VEZ, NUNCA MAIS

Hoje mais uma vez
Acordei no chão;
Nem sei quanto tempo
Em uma só posição,
Chão molhado,
Um pouco ensanguentado,
Antes de me levantar,
Ele entrou apontando:
— Agora vê se aprende a lição!
Tento correr para cozinha,
Preciso fazer o café,
Mas ele não espera.
Que bom!
Acabou o aprendizado,
Quem sabe agora eu entenda
Que se ele não gosta,
Por que eu faço?
Acho que ele tem razão...
Gosto de apanhar,
Por isso não aprendo a lição.
Vou tentar não usar batom,
Não chamar atenção.
Vestido curto, já nem uso;
Do perfume nem abuso;
Ainda não conheço o porquê

Da acusação de que sou julgada,
Muitas vezes, espancada,
Não sei onde vai parar.
Os amigos falam em feminicídio,
Meu marido jamais faria isso comigo,
Preciso só prestar mais atenção.
Ontem mesmo reclamou
Do excesso de cuidados,
Disse que deveria haver algo de errado
E de novo com um soco
A mim restou só mais um apagão.
Quem são vocês?
Por que minha casa mudou?
Que lugar é este onde estou?
Morri?
Ao menos agora tudo acabou.

## 7.3 RACISMO

### 7.3.1. OLHOS QUE CONDENAM

No espelho, fico a me olhar,
Começo a chorar,
Não dá para entender
Que tanto horror
Alguns teimam em ver.
O que tem na minha aparência
Que te faz me temer?

Será que todo menino,
Na adolescência,
O pai vai esclarecer:
— Abaixe a cabeça,
Não encare ninguém,
Identidade no bolso
E a chave também.
Se entrar numa loja,
Prefira o corredor lotado;
Se gostou de alguma coisa,
Veja, não toque, tome cuidado;
As mãos deixe livre
Para aparecer.
Ao policial, seja gentil;
Não és mais um civil,
És um menino de cor.
Para alguns, tua pele

Não depõe a teu favor.

Se morar na favela,
Já está condenado.
Nasceu preto, pobre,
És desconsiderado
Julgado, culpado
E à morte sentenciado.
Há quem diga:
— Não é bem assim
Racismo no Brasil,
És desculpa para cotas conseguir.

Que jeito é esse
Com o qual olham para nós?
Em lojas, bares e shoppings;
Nunca estamos a sós,
São olhares o tempo todo a nos vigiar.
Nessas horas me lembro,
Dos tempos de criança,
À porta, feliz a sorrir,
Finalmente sozinho à escola
Eu passaria a ir,
Minha mãe à janela rezando com fé,
Para seu Deus escutar:
— Deus te abençoe, meu filho!
Que voltes vivo ao nosso lar!

## 7.3.2. NÃO SOMOS FANTASIA!

Lá vem de novo abril,
Todo ano a mesma humilhação.
Dia 19 é "Dia do Índio",
Ninguém tem respeito não!

No Carnaval, somos fantasia;
Em abril, elas retornam;
No dia 19, nas escolas,
Crianças de cacique vão embora.

Será que é difícil identificar
Que isso não é homenagear?
Não entende que alegoria
Não é representar?

A escola que deveria
O respeito ao indígena fomentar,
É a mesma que em uma fantasia
Nossa história quer contar.

Primeiro preste atenção:
Não somos uma só nação,
Somos muitas etnias;
Saber e divulgar isso
Também é sua obrigação!

Somos os povos originários,

Os reais donos desse chão,
Temos histórias diferentes
Uma para cada grupo,
Cada população.

Não adianta ressaltar
Que disso não sabia,
As mídias estão por aí
Mas das nossas falas
Não se apropria.

Não perca tempo ensinando
O que não tem nada a ver,
Dizer que casa de indígena é oca
E que na tribo vai viver,
Só mostra o racismo
Que há dentro de você.

Preste atenção
No que eu vou te dizer:
Sou cidadão livre,
Faço minhas escolhas,
Não dependo de você.
Posso habitar na aldeia ou na cidade;
Se eu quiser, farei faculdade...
Até doutorado, se for da minha vontade.

Não me venha dizer
Que não é racista.

Farto de ver branco
Roubando nossos elementos culturais,
Querendo "Índio" parecer.
Ao mesmo tempo que permite
Nossa terra devastar,
Nossos povos exterminar,
Só para mais áreas de garimpo implantar.

Homem branco....
Homem ranço só pensa em lucrar.
Se continuar da natureza não cuidar,
Chegará o dia em que não mais planeta
Para ninguém morar.

### 7.3.3. E A COTA, O QUE É?

Cota é Lei,
Desde 2012,
Está na Constituição.
Não é esmola nem vantagem,
Não aceitaremos essa sua
Depreciativa definição.

Cota é reparação
De mais de trezentos anos de escravização,
De povos de suas terras sequestrados,
Trazidos em tumbeiros
Até o solo brasileiro.
Mancha na história da nação.

Os tumbeiros já sinalizavam
Todos os horrores
Que por eles esperavam,
Uma sobrevida a essas pessoas imputada.
Cota é direito
A povos que a Kalunga atravessaram,
Na certeza, que morriam
Para a vida de que lhe arrancaram.

Oh, Mar!
Kalunga salgada pelas lágrimas
De famílias desfeitas,
De reinados destruídos;

A cota não irá esse sentimento apagar,
Mas precisa demarcar reparação,
Para que se reflita sobre o racismo
Que ainda dilacera o coração.

Não adianta tentar,
Falsas justificativas apresentar.
Cotas, sim!
Para a sociedade melhorar.

# 7.4. GORDOFOBIA

## 7.4.1. ODE E NÃO ÓDIO AOS CORPOS

Recebi um convite,
Uma amiga vai se casar.
Mais do que amiga, uma querida
Me convidou para apadrinhar.
Serei sua madrinha
Pela primeira vez em minha vida,
Nunca poderia imaginar.

Mas como entrar
Nos vestidos de "magrinhas"
Que as lojas estão a disponibilizar?
Como se somente esses corpos
Tivessem o direito
De posição de destaque ocupar.

Sigo buscando,
Ao menos, um vestido encontrar;
É a vigésima loja,
São os mesmos olhares,
Julgo e frases vulgares;
Naqueles espaços,
Gordofobia encontrou seu lugar.

Continuo com preconceito esbarrando,
Gordofobia encontrando,
Devido à pressão,
A depressão chegou para ficar.
Pensei que talvez um remédio
Até o casório pudesse tomar.
Lembrei-me de uma amiga
Que fazia de tudo para emagrecer,
A doença logo chegou,
Tempo depois veio a falecer.

Outras tantas mulheres
Buscando o dito padrão social;
Vivem mal, maltratando-se
Na busca do corpo ideal.
Como se o "padrão"
Fosse a solução
Para acabar com a solidão;
Que mesmo amando
E sendo amada,
Insiste em permanecer.

O problema é a falta de estima
Que desde menina
Vive a sofrer.
São tantas comparações,
São sempre esses malditos padrões
Que em frases, piadas e olhares
Nos arrancam o chão.

Retiram nossos pilares
E desistimos até da nossa vaidade,
Tentando preconceito
Não vir mais a sofrer.

O casamento está chegando
E eu aqui nada encontrando,
Dá vontade de morrer...
Como dizer a minha amiga
Que não encontro um vestido,
Por em mim nada caber?

Esse mercado cheio de padrões
É perverso, usam o mesmo molde
Sempre o mesmo modelo,
Nem querem saber.
Roupa para gordos
Deve parecer
Para pessoas idosas,
Como se a gente sensual
Não tivesse o direito de ser.

Vou permanecer na luta,
Não quero parecer enxuta,
Preciso de uma roupa
Que meu corpo venha prestigiar;
Não com o vestido de "magrinha",
Quero que minha roupa de madrinha
Curvas, formas, abundância

Não esteja a negar.
Nessa festa, serei bandeira
Dos corpos como o meu,
Que têm a sua beleza e importância,
De maneira que teu preconceito
Não nos impeça
Que em espaços de destaque
A gente chegue a desfilar.

## 7.5. DEPRESSÃO

### 7.5.1. PRESO NA GARGANTA

Amanheceu e o sono
Ainda não bateu.
Mais uma noite
Nem vejo passar.
Será que sou eu?
Uma amiga me disse
Que já me acostumei
A me maltratar.
Não pode ser eu,
Esse pensamento
Não é meu...
Só sei que é mais forte
Do que eu...
Dele não consigo me livrar.
Já me falaram de ajuda,
Mas não sei a quem procurar.
Falam de um "setembro amarelo",
Como se somente nesse mês
A depressão viesse me visitar.
Amarelo? Por que essa cor?
Se o sinal está verde
E a tempestade do meu coração
Se apossou.
Eu queria quebrar esse elo.
Não quero mais ouvir...
Ele tenta me convencer

Que não há mais nada a fazer,
Que esse sofrimento
Que queima meu peito
A morte é único jeito,
Só ela poderá remover.
Viver para quê?
Cansada de lágrimas verter,
De esperanças não encontrar,
De em meu quarto escuro
Me esconder,
De alguém à porta sempre ficar a bater
Dizendo que ainda posso escolher,
Quando só vejo uma opção
E não é amarelo, é vermelho
Cor do meu sangue,
Que não canso de pensar
Em deixar correr.
Quem sabe assim
Essa dor possa extrair;
Quero com ela acabar,
Tento gritar por socorro
Sem ninguém a escutar...
Basta! Vou à morte abraçar...
Não sei como aconteceu,
Alguém me resgatou,
Acordei em uma clínica,
Um tratamento iniciou.
Quem sabe assim
A esperança se apiede de mim,
E eu volte novamente a ela sentir.

## 7.5.2. PONTOS ENTREGUES

Fecho a janela,
Alguém me vigiando,
Sempre escutando
O que estou a falar,
Até na minha mente
Tentando entrar.

Vivo com medo.
Não digo a ninguém.
Esse é meu segredo.
Receio que me critiquem
Ou ainda que sejam esse alguém.

Só de pensar, o ar me falta,
O peito aperta;
Coração salta,
Dispara e não se acalma.
A mão, sua na palma.
Mais uma crise
Está a começar.

Depois de tanto chorar,
Começo a comer sem parar.
Dizem que é compulsão,
Mas isso acalma o coração,
Eu quero melhorar.

Como até passar mal,
Forço o vômito para não engordar,
Sinto-me fraca e volto a chorar.
Para o banheiro corro,
Arranho meu corpo
Em busca de socorro,
Preciso me lavar.
Já é o décimo banho,
São muitas compulsões
A me perturbar.

Não sei mais o que fazer,
Não sei mais em quem confiar,
As compulsões tomam conta de mim.
Quero sumir, só há um jeito delas fugir,
A minha vida agora eu vou retirar.

## 7.6. INTOLERÂNCIA RELIGIOSA

### 7.6.1. QUE TAL UM APAGÃO?

Quero um mundo pagão!
Basta ver na televisão
Cristãos de arma na mão.
Se amar era a lição,
O que aconteceu com o perdão?

Eu quero um mundo pagão!
Estou farta de ver os irmãos
Envolvidos em corrupção,
Professando um deus ladrão.

Quero um mundo pagão,
Onde não haja quem mate por religião.
Na verdade, eu quero um apagão
Que elimine qualquer denominação.
Se for para nos separar,
Que não haja mais essa tal religião.

A religião deveria religar,
Ligar de novo, novamente.
Mas como religar o que nem foi conectado?
Que bom seria ter um mundo plugado,
Se todos estivessem sintonizados
Na estação do amor.

Sem arramas, sem dogmas,
Só vivendo de bem-aventuranças,
Aprendendo finalmente a conjugar o verbo amar.
Vem, vamos ensaiar,
Diga bem alto comigo:
— A minha única religião é amar!

## 7.6.2. PROFESSANDO

Não sei viver sem religião,
Apesar de tanta decepção,
Apesar de tanto dogma
Não mais professar,
Me mantenho em comunhão.

Religião sempre foi a minha vida,
Por mais que, por vezes, oprimida,
Não conseguia ali
Não me encontrar.

Sem me importar com o que eu pensava,
Sem conhecer quem eu realmente era,
Vivia presa no que deveria ser.

Não percebia que a religião
Deve vir de dentro,
Que primeiro vem o sentimento, a emoção;
Em nada tem a ver com alvenaria
O sagrado habita em mim
E aqui faz moradia.

Minha fé só me pede todos os dias
Que gentileza viva a espalhar,
Que abra meu coração
Ao necessitado e desvalido,
Que socorra o oprimido,

Que espalhe o bem
Por onde eu passar.

Assim vou seguindo essa indicação,
Chega de apontar quem está salvo ou não,
A obrigação de todo ser humano é amar.

## 7.7. TRANSFOBIA

### 7.7.1. DIREITO DE EXISTIR

Mais uma briga,
Você me obriga
A ser quem não sou.
Me deixa existir!

Será que não vê
Que não é difícil
Só para você?
Não é minha vontade,
Esse corpo não me cabe...
Me deixa existir!

Não fui corrompida,
Eu sempre estive aqui;
Mas é claro, escondida.
Me deixa existir!

Não quero ser diferente,
Esquece os parentes,
Olha pra gente
E tenta entender;
Não existe "meu menino",
É a tua filha diante de você.

Para, não chora,
Você vai entender
Que não é rebeldia.
Nunca fui arredia
Você deve saber.
Só estou a lutar
Pelo direito de
Novamente nascer.
Dessa vez, sem "chá revelação",
No qual se atrela a fisiologia
E dela faz a minha prisão.

Esse corpo que me veste
Não me reflete,
Só me oprime,
Magoa, deprime.
Olhar para ele
É ver quem eu NÃO sou,
Me deixa existir!

Durante muito tempo,
Estive perdida,
Me achava esquisita,
Nunca tive qualquer quesito
Para com homem ser confundida.
Mas, por covardia,
Eu me calava
E a melancolia
De mim se apossava.

Aquele meu jeito deprimido,
Que um sorriso nunca esboçou,
Era de uma mulher reprimida,
Sofrida, contida...
Com medo de por ti
Ser excluída,
De teu amor desprovida.

Durante muito tempo,
Eu não me amava,
"Impura" me achava.
Quantas noites eu chorava...
De mim, tinha tanta raiva
Que sempre me autoflagelava...

Tanta dor...
Tanto sangue...
Tanta solidão...
Tantas lágrimas...

Por que insiste em entender errado?
Não há nenhum culpado.
Eu nasci assim,
Em um corpo trocado.
Demorei para entender
Que não preciso ser igual,
Consegue me compreender?
A "diferença" é normal.

Vou entender teu pranto
Não como um desespero,
Mas como o difícil
Ato de novamente me parir.
Neste momento, desvelo
A mulher que há em mim;
A ela faço a promessa
De nunca desistir,
De não mais a agredir,
Família, finalmente agora
Eu passo oficialmente a existir!

## 7.7.2. DATA MARCADA

Acho que vou sufocar...
Hoje acordei
De novo a chorar,
Pensava no dia
Em que eu ainda
Iria me matar.

Mal nasce o dia,
Já penso na violência
A qual irei passar,
Isso só para não ver
Minha mãe mais chorar.
Vamos à igreja
Não para congregar,
A ideia é o diabo
De mim expulsar.

Vestido de menina,
Comecei a me disfarçar;
Fingir que eu sou
A dona do nome
Com o qual minha mãe
Teima em me chamar.

Olhar no espelho
Traz uma dor,
Não dá para explicar...

Procuro por mim.
Só encontro o olhar.
Lágrimas vem,
Quero gritar.
Mamãe começa a chamar.
Respiro bem fundo, prendo o ar,
Um sorriso no rosto
Preciso colocar.

Olho para ela,
Sua alegria é de encantar,
Uma aura tão linda a brilhar...
Me enche de carinhos,
São tantos beijinhos
Que sigo sorrindo ao calvário
"Meu pecado expiar".

Voltando ao lar,
Começo a tirar
A maquiagem que fui obrigado a usar.
Na hora do cabelo prender
De novo o ar está a faltar;
Não penso, abro a gaveta
E começo a cortar.

Assim começo
Essa casca quebrar.
Se havia algo errado,
Aquela oração veio expurgar.

Voltei de lá ouvindo,
— Meu filho, pare de se violentar!
Em seu coração, deixe a felicidade morar.

Não sei como será amanhã,
Papai falou em me expulsar
Se eu não me "endireitar",
Se sua filhinha
Ao "normal" não voltar.
Ele culpa mamãe,
Diz que a mim não soube criar;
Pergunta como pude
"Sapatão" me tornar.
Tento explicar
Que é bem mais complicado,
Meu corpo nasceu trocado.

Tantos dias perdidos,
Tantos diálogos rompidos,
Quanta falta de abrigo,
Quanta vontade
De minha vida encerrar.

Mas já decretei
Que apesar de toda dor,
Apesar de todo sofrimento,
Amanhã será o dia
Do meu (re)nascimento.

Quero a todos contar
Que, apesar dessa aparência,
Esse corpo não me representa.
A ele eu vou transformar.

Esse homem aqui
Que vivia velado, escondido,
Com medo de ser rejeitado,
Preterido, excluído,
Aprendeu que não existe
Parto sem dor.
Nascimento é começar a viver,
É um mix de sentimentos;
Alguns trazem sofrimento
Mas, quando à vida chega,
Tudo é pequeno diante
De tanto contentamento.

É essa sensação que
Quero começar a sentir,
Ver as pessoas enfim identificarem
Que sou um homem
E disso posso me orgulhar.

### 7.7.3. BORBOLETA

Eu e o espelho,
Relação estranha
Se estabelece.
Ele me diz:
"Está tudo bem".
Desde criança sinto
Que há algo fora do lugar.
Queria entender o que,
Queria saber o porquê.

Quando o espelho encaro,
Só me enxergo naqueles olhos
Cansados e desanimados.
Olho, busco, mas não me encontro,
Não me reconheço no reflexo.
Esse corpo não me representa,
É como roupa emprestada
Que fica boa na dona
Mas, na gente, sobra ou falta.

Olhar-me no espelho
É sempre um desafio,
Naqueles olhos...
Quantas dúvidas!
Quanta falta de resposta!
Quanta solidão!...

Resolvi contar a uma "amiga"
Que não me sentia
À vontade com meu corpo;
A escola inteira "descobriu",
Chamavam-me de gay, de sapatão.
Não estou atrás de designação,
Não é sobre como os outros me veem,
Isso não me interessa.
Preciso saber quem sou.

Depois da confusão
Na escola armada,
Houve palestras falando
Sobre sexualidade.
De maneira imparcial,
Pautada no conhecimento.
Finalmente entendi,
Tive o esclarecimento.

Ouvir sobre transexualidade
Me deu, pela primeira vez,
Sensação de pertencimento,
Saber que não sou o diferente.
Há muita gente assim,
Que nasceu em um corpo trocado
E que isso não me torna culpado.
Na vida, todos têm seu valor.

Não mais aceitarei
Rótulos, culpas, tratamentos;
A luz do conhecimento
Iluminou minha trajetória,
Não tenho mais medo,
Quero começar de fato a existir,
Desvelar a todos quem sou
Tal qual uma borboleta
Rompendo seu casulo.
Bem-vindo homem trans e cis!
Esse sou eu!

Agora sei quem sou!
O homem cujo corpo
Por anos camuflou.
Sou borboleta de asas abertas,
O mundo eu quero desbravar,
Voar é do que preciso,
O céu é o meu lugar.

## 7.8. CAPACITISMO

### 7.8.1. CADEIRA DE ASAS

Eu quero uma cadeira com asas!
Quero atravessar a cidade
Tranquila, sem me preocupar
Se vou me machucar,
Se buraco vou encontrar.
Quero imaginar que a porta do ônibus
A mim destinada,
Não é vista como especial;
É só mais uma porta
Que funciona de forma normal.

Será que isso é utopia?
Se existem tantas leis
Era para ser algo rotineiro, do dia a dia.
Eu quero uma cadeira com asas.
Quero sair dessa inércia em que sou deixada,
Não quero mais andar de forma acuada,
Quero a minha dignidade respeitada.
Ir à padaria comprar o pão
Sem ter a roda quebrada
Por um tropeção,
Como já estou acostumada.

Ah, uma cadeira de asas...
Não só para mim, mas para todos,
O sentimento é coletivo e o problema doloroso.
Muitas cadeiras de asas a voar,
Como borboletas sem destino a passear,
Somente a liberdade a desfrutar.
Sem quedas nem mais lesão,
Tendo nosso direito de ir e vir
Finalmente respeitado,
Vivendo de fato
Aquilo que está na Constituição.

## 7.8.2. DEFICIENTE É O TEU CORAÇÃO!

O que adianta falar
Que o importante não dá para enxergar,
Dizer que o sentimento
Não é possível mensurar,
Quando você pela aparência se deixa levar?

Discurso abnegado e consciente,
Mas basta um deficiente
Cruzar à sua frente
Para a verdade aparecer.
Não dá para entender
Como te faz mal
Uma cadeira que não pertence a você.

Será que vai insistir
E com teus lábios continuar a mentir,
Enquanto teus olhos
Demonstram o horror
Que sentes disfarçado de amor?

Estar em uma cadeira,
De muleta ou de pé,
Não determina o homem que se é.
A deficiência física ou mental
Não é motivo para alguém
Ser tratado como anormal.

Não queremos sua pena,
Exigimos apenas
Nossos espaços ocupar.
Basta dessa tua hipocrisia,
Esse discurso sobre capacitismo
Procurando se promover.
Basta de falar pela gente,
Essa luta é para quem
Deseja realmente se envolver.

Agora será assim,
Vamos nos fazer ouvir,
Não precisamos de pessoas como você!
Essa é uma batalha coletiva,
De luta pela vida e direito de existir;
Por isso, hoje venho aqui
Combater o preconceito,
Exigir o seu respeito.
Disso não abro mão.
Afinal, respeito é direito
Garantido pela Constituição.

## 7.8.3. O QUE É SER NORMAL?

Não quero parecer qualquer um,
Sou autêntico, original.
Ser diferente deveria ser sinônimo de especial,
Não repetir as mesmas caras,
Comportamentos ou falas,
Ser único, sair da monotonia,
Mostrar o que se tem de excepcional.

Neste mundo de pessoas tão diferentes,
Como mensurá-las
Sob a mesma medida?
Por que não podemos
Experimentar o desconhecido?
Por que todos precisam ser "parecidos"?
Como um modelo fordista de produção,
No qual não há sentimento,
Nenhuma sensação,
Onde não existe coração.

A palavra em voga
Deveria ser autenticidade,
Sem medidas, apenas liberdade,
Só assim é possível olhar
As diferenças com empatia.
Entendendo assim,
Que o problema
Não é falta de igualdade,
Mas sim de equidade.

Neste mundo tão desigual,
Pensar em padronizar
É paradoxal.
Se alguém é "diferente",
É tratado como "doente",
Tido como anormal.

O que é normal?
Pessoas passando fome,
Sendo agredidas,
Exploradas, excluídas.
São tantas mazelas
Dentro desse "padrão social",
Que ver um mendigo à rua
Passou a ser banal,
Se isso é natural
Prefiro seguir sozinho;
Essa dita igualdade
Só me faz mal.

# ATO 8: SAUDADE

Palavra da nossa língua exclusiva; saudade é um signo linguístico deveras diferenciado, aglutina tristeza e ausência, ao mesmo tempo, que respeita suas diferenças.

Neste ato, derramar-se-ão diferentes saudades cuja fé é o elemento essencial, afinal, por mais que originadas com a partida de quem se ama deste plano, acredita-se que a existência não se encerra, que apenas aqueles que amamos retornaram à casa original... Saudade é crer em uma proximidade a partir do espiritual. Pense bem, não é lógico imaginar que se perdeu alguém só porque ele morreu, afinal, não está perdido aquilo que sabemos onde está... Se nesta hora com os dedos não pode tocar, comece a treinar teu coração – órgão sensível –, será por meio dele que de novo com o outro sempre poderá estar.

## 8.1. ESTAÇÃO DA SAUDADE

Não aprendi dizer adeus,
Essa é a mais difícil lição,
Só peço a Deus que arranque
A tristeza de meu coração.

Sei que essa saudade
Jamais irá passar,
Você é a realidade
Que em meu coração
Para sempre ficará.

Embora eu saiba
Que a vida é uma viagem,
Que tudo isso é uma passagem,
Que um dia nossas almas vão se encontrar;
Essa dor que agora faz morada,
Em minha vida instalada,
Vive a me sufocar.

Diante de tudo que vivemos,
Até nosso papel invertemos,
De pai passaste para meu filho, irmão.
Éramos tão misturados,
Que agora que olho para o lado
Só encontro metade
Do que fui desde então.

Ah, no chão sei que não devo ficar,
Porém não vejo solução.
Quero me pautar na alegria,
Mas vem logo a melancolia
Tomar novamente a direção.

Queria voltar a ter esperança,
Ser de novo a tua criança,
Em teu colo me abrigar,
Sempre ouço tua voz a me dizer:
— Precisa superar!
Só peço um pouco mais de paciência,
Sua menina ainda precisa chorar.

## 8.2. TREM DA VIDA

Canta coração,
Não pare de bater.
Sei que a saudade
Está a doer.
Cante toda tristeza
Que há em você.
Ah, dor dilacerante,
Que os espaços o vazio veio ocupar,
Tristeza é sentimento sombrio
Que o sono sempre está a arrancar.

Quando o tempo passar,
Eu quero enfim RECORDAR,
Como a etimologia já prévia:
"Lembrar com o coração".
Mesmo guiada pela emoção,
Possa trazer à memória
Toda beleza desta relação,
Que a morte não acabou
Apenas o próximo encontro adiou.

Vá embora tristeza,
Não te quero perto de mim!
Quem parte leva com pureza
As lembranças daqueles
Que ficaram aqui.
A vida é um trem,

Cada estação uma saudade
De quem fica no vagão
Esperando a sua paragem.
O importante é não esquecer
De viver o trajeto da viagem.
A vida é efêmera,
Aproveite cada momento,
Enquanto espera o seu desembarque.

Por isso, respire, olhe pela janela,
Mas não espere a mesma paisagem.
Abra o coração, escolha a melhor bagagem,
Distribua bons afetos
Em todos os lugares,
Afinal, um dia a sua estação chegará
E, quando o trem você deixar,
A única coisa que poderá ficar
É a saudade e o amor,
Que plantou e fez florescer
Em cada novo e velho
Companheiro de viagem.

## 8.3. CAMINHO DE FLORES

Como a chuva
Que vem sem avisar,
Ela se foi...
E a saudade tomou seu lugar.

Como a chuva
Que vem regar à terra,
E que com ela, vida traz a florescer,
Assim foi sua passagem sob a Terra,
Que inundou tantas vidas
Só com seu viver.

Como a chuva ela se foi,
Tristeza veio me habitar.
Tristeza é terra seca,
Sem vida nem esperança,
Nada nela vem a germinar.

Vou trocar tristeza por saudade;
Essa sim, meu coração vai ocupar.
Saudade é rega de esperança
De que meu coração está a precisar.

Esperança traz consigo a certeza
De que no futuro vamos nos reencontrar
No jardim da Morada Eterna,
Preparada por Deus
Para os corações puros como o teu.

Vá indo à frente,
Cultives muitas flores.
Para que eu possa, no futuro,
Te reencontrar.
Quando for a minha vez,
Seguirei o caminho das cores
Para poder de novo te abraçar.

## 8.4. PERFEITO ADEUS

Apesar da idade avançada,
Nunca imaginava
Quando a sua passagem iria chegar.
Já estava para lá dos noventa,
E eu me questionava
Se daquele momento poderia participar.

Tudo que eu mais queria
Era poder me despedir,
Poder dar aquele último adeus
Antes que, mesmo temporário, fosse o fim.
Sempre pedia, mas não sabia
Se Deus me ouviria
Ou, se apenas num susto,
Te encontraria já sem vida
Diante de mim.

Ontem você se foi...
Não queria acreditar.
Mas eu estava lá,
Pude em tua mão pegar,
Ver teus olhos fechar.

Penso que Deus me permitiu
Ter a graça dessa hora participar.
Com o olhar você se despediu,
Com leveza partiu,

Com serenidade abraçou
A nova vida.
Sem gemer, sem se desesperar,
Apenas nos deixando
Uma última lição:
Da gente mutuamente se cuidar.

Não queria que fosse a hora.
Não queria agora que fosses embora.
Mas minha boca eu calei.
Queria que em paz
A nova vida alcançasse,
Por isso meu coração acalmei.

Depois de tudo acabado,
Com lágrimas ainda a escorrer,
Só poderia mesmo agradecer
A graça de poder me despedir;
Na certeza de que, para ti,
Não houve sofrimento ou tristeza,
Foi com tanta leveza.

Como alguém que comprou a sua passagem
E na rodoviária descobriu
Que seus companheiros de viagem
São pessoas por quem
Há muito nutria saudade.
Vá em paz!
Obrigada por me ver chegar!
Obrigada por me deixar te ver partir!

## 8.5. SAUDADE PUERIL

Saudade de um mundo todo colorido
Pela imaginação nutrido,
De viajar em uma bolha sabão,
Decifrar os desenhos nas nuvens
Que têm gosto de doce algodão.

Correr para a vovó
Quando estava aflito,
Seu abraço era meu abrigo;
Sua oração, minha proteção.
Um mundo tão bonito.
Lembranças que me aquecem o coração.

Ah, infância querida!
Tantas histórias vividas...
Se eu me machucava, nem ligava,
Dava trabalho entrar e limpar,
Corria o risco de para rua não mais voltar.
Infância lembra sabores...
Hum! Que delícia! Que amores!
Hoje, meu paladar ficou chatinho
Ou se perdeu pelo caminho.

Queria voltar a ser criança.
Queria de volta aquela liberdade.
Quanta saudade!
Brincar na chuva sem me preocupar,

Sem ter contas a pagar,
Encontrar sempre os braços certos
Abertos para me abraçar.
Vida de adulto é cercada de labuta,
Ter de enfrentar muita luta
Para tão pouco ganhar.
É ser pelo trabalho escravizado,
Pelo tempo aprisionado,
Ter pouco tempo para sonhar.

Essa correria faz o mundo
Perder as cores;
Os doces perderem os sabores;
As risadas não encontrarem seu lugar.
Apesar da correria,
Ainda trago em mim a esperança.
Não deixei morrer a minha criança,
Sem ela, não saberia continuar.

Sempre que me sinto vazio,
Com vontade de fugir, de correr,
Arranco meus calçados,
Vou correr pelo gramado,
Rindo até o olho chorar;
São lágrimas de alegria,
A vida se transforma em poesia.
Se ainda não experimentou,
Já passou da hora de tentar.
Liberte a sua criança
E venha comigo brincar.

## 8.6. MARCAS DA SAUDADE

Saudade marca
Feito ferro em brasa,
Eterniza, não se apaga;
Adormece em sonho leve,
Qualquer descuido
Acorda, vem à tona,
E com ela o sentimento
Que optou por cultivar.

Ou tristeza que disfere no peito
Um golpe de punhal,
Ou amor que pode até
Se transformar em lágrimas
Que jamais serão de dor.
Virá como um afago quente,
Emoção que chega
Tal qual poesia no sarau.
Então, como vai ser?
O que pretendes escolher?

A cultura da tristeza adoece,
O espírito enfraquece,
Rapidamente frutos
Colhidos irás ter.
Depois de já enraizada,
É planta difícil de ser arrancada,
Espalha-se pela terra,

Destrói o solo,
Não sobra nada.

Pense que saudade
É deixar de ver e conviver,
Em nada tem a ver com perder.
Cultivar o amor
É ressignificar sentimento,
É usar o tempo a seu favor;
Tornar leve a dor
Até o dia em que a saudade
Se traduza em lembranças,
Como aquelas da época de criança
Carregadas de gratidão.
Então, decidiu como ficará marcado teu coração?

## 8.7. ATÉ BREVE

Pronto, cheguei.
Sei que lágrimas deixei,
Mas andava cansada,
Minhas pernas
Já não mais aguentavam,
Já anunciavam
O meu adeus.

Na verdade,
É um até breve,
Isso sim descreve
As relações interrompidas;
Não pela morte
Ausência da vida,
Mas pela mudança de morada,
Agora mais alinhada
Com a nossa evolução.

Não fique triste,
Acabo de encontrar
Com meus outros amores
Que imaginava ter perdido.
Como bem disse o padre na Missa:
"Só se perde aquilo
Que não se sabe onde está".

Sabes onde estou,
Sabes onde agora cheguei,
Por isso não se sinta perdido,
Serei sempre teu abrigo,
Caminharei contigo,
Zelando-o de todos os perigos.

Se a saudade apertar,
Deixe as lágrimas rolar,
Vai te fazer bem.
Quando quiseres comigo se comunicar,
Bote a mão sobre teu peito,
Sinta as batidas de teu coração,
É lá que irás me encontrar.

## 8.8. SONO IMORTAL

Ele dorme no sossego
O sono da imortalidade,
Em seu leito de aconchego,
Deixando-nos cheios de saudade.

Dorme, dorme, meu amor!
Descanse e vá em paz.
Voe alto, meu beija-flor!
Abrace esse céu lilás.

Vou seguir tua vontade,
Entre o mar e o jardim,
Tuas cinzas na eternidade.

Sentindo o cheiro de jasmim
Ou buscando a brisa do mar
Para matar essa saudade em mim.

## 8.9. SUA APRENDIZ, MEU PROFESSOR

Filho, mestre, não aprendiz;
Da minha vida, professor,
Ensinou-me a ser boa e feliz
Com a sinceridade de seu amor.

Brisa fresca que em mim germinou,
Trouxe-me leveza e clareza
Do porquê e de quem sou;
Gratidão pela gentileza
Com que minha vida transformou!

Meu príncipe, pare de chorar,
Cambie lágrimas por doação,
Há tantos que estão a penar,
Ajude-os enquanto preenches o coração.

Meu menino-professor,
Não se entregue a fraqueza.
De onde estou, sinto tua dor,
Por favor, levante a cabeça!
Quero voltar a apreciar
Essas duas esmeraldas
Que o sentimento cisma em encharcar.

Desde que chegou a doença,
Optamos, meu amor, pela vida.

Não a tratamos com indiferença,
Tampouco pensamos em despedida,
Nem a aceitamos como uma sentença,
Uma história interrompida.

Juntos decidimos a ela reconfigurar,
Não dar espaço a tristeza.
Transformarmos nossa relação
Em uma unidade perfeita,
Duas vidas num só coração.

Metamorfoseamos dores
Em perfumes e flores;
Aumentamos o nosso jardim,
Mesmo no hospital,
Escolhemos a paisagem
Que nossa vida estava a colorir.

Apesar das agruras,
Nunca deixamos de sorrir;
Embora a saudade aperte,
Não sucumba a tristeza
Que no teu peito se instalou,
Desde que aquele sinal soou
Mostrando-nos que a aula acabou,
E essa menina aqui enfim se formou.

Não te quero assim!
Novos alunos estão por vir,

Novos sorrisos, afagos e abraços;
Um pouco de mim
Derramado em cada um,
Por isso abra o coração
E volte de novo a sorrir!

## 8.10. OLHOS AZUIS

Ah, quanta luz
Havia naqueles olhos azuis.
Primeira imagem que vi
Logo que nasci.

Olhar terno,
Braços abertos,
Aconchego certo,
Te quero por perto,
Não consigo crer
Que não estás aqui.

Assim era você:
Mar calmo,
Céu sem nuvens,
Olhos que falam...
Nossa, quanto amor!

Leve como brisa,
Eras um raio de sol
Da vida poetisa,
Sua alegria era farol.

Assim era você:
Abraçava o desconhecido
Com sorriso acolhedor;
Acalentava o sofrido,

Dona de uma força sem igual,
Inspiração sua vida
Para a minha se tornou.

Assim era você:
Folha livre ao vento,
Passarinho a voar.
No corpo, uma aparente fragilidade,
Onde a doença se instalou.

Eras uma pequena fortaleza
Que nunca desanimou;
Brigou de pé e com o coração,
Por isso a doença não venceu;
Simplesmente sua missão
Neste mundo findou
E para casa do Pai
Novamente retornou.

## 8.11. DESENLUTAR

Como saber a hora do luto recolher?
Que hora se volta à vida?
Não se trata de esquecer,
Não me entenda mal,
Ninguém falou em vida normal.

A situação mudou,
Uma ausência ganhou.
A questão aqui é sobre permissão,
Parar de chorar também é redenção.

Permita à tristeza uma transfiguração.
Esquecimento? Não, saudade.
Não é perda de afetividade,
É dar alívio a teu sofrido coração.

O luto é chuva necessária à terra,
Tem tempo apropriado de duração,
Se precipita em demasia vidas encerra,
Causa catástrofes, destruição.

Desenlutar é respirar sem aparelhos,
É sair da UTI dos sentimentos,
É tentar arrumar o que há por dentro
Não por falta de amor,
É que ninguém vive só de dor.

Amar não é cultivar tristeza,
É apreciar as asas que o outro ganhou.
É poder contemplar com leveza
O céu que agora sua alma alcançou.

# ATO 9: ANCESTRALIDADE

Ancestral é quem veio antes de nós, é quem nos acompanha, vela e protege. Ancestralidade é memória pungente de toda gente que caminha conosco; uma união não pensada; por algumas denominações, não comentada como se nossos antecessores nossos inimigos fossem; uma associação a figuras da mitologia de alguma religião. Quanta bobagem, meu irmão! Não há religiões antagonizadas, cada qual deve ter sua mitologia respeitada.

Este último ato é um reverenciar ao passado para se descobrir de onde se veio, onde se está e descobrir onde se precisa chegar. Não é um espaço destinado à religião alguma, é local de saudação e gratidão por todo cuidado a mim dispensado, que tanto contribuiu/contribui com a minha construção pessoal, apoio que me permitiu chegar até aqui e descobrir ser quem eu realmente sou.

## 9.1. ENTRELACE DE VIDAS

Menina cor da graúna,
Em teus olhos pretos
De suave magia
Se esconde um griot,
Repleto de histórias a contar.
Histórias não só tuas,
Mas de muitas outras mulheres
Que teu corpo vem representar.

Assim és tu:
Uma encruzilhada de narrativas,
Todas elas entrelaçadas,
Histórias que se fundem e se confundem;
De vozes femininas
Que não só vieram antes de você:
Essas mulheres vivem em você!

Doce rainha de Ébano,
Encruzilhada de vidas,
Tantas foram as senhoras
Que a fizeram chegar aqui.
És fruto de um povo escravizado,
Despatriado, encarcerado
E até hoje pelo racismo desrespeitado,
Mas resiliente e lutador.

Tua nação não se deixou apagar,
Pelo sincretismo conseguiu a religião preservar;
Povo que, apesar de passar por tanto horror,
O peito transborda em esperança e amor.

Povo que cada indivíduo
Carrega em si um coletivo:
"Eu sou porque nós somos".
Menina-mulher, sei que já entendeu.
Ao descobrir que
"quem se é" e "quem se foi"
São frutos de "quem vive" em você.

Doce céu em noite estrelada,
Traz em si beleza e mistério
De uma vida agora encontrada;
Certa de que é mais do que mulher,
És um templo sagrado,
Onde a ancestralidade faz morada.

## 9.2. MENSAGEM DO TEU ANJO

A gente já sabia
Que essa hora chegaria,
Nunca é fácil a hora da partida,
Nem eu queria partir.
Só imaginava com quem te deixaria...
Quem por mim de ti cuidaria?
A quem ti confiar, meu tesouro?

Hoje faço parte de uma legião
Que está sempre contigo,
Saiba que ainda sou teu abrigo.
Basta de lágrimas, por favor.
Estou bem, não sinto dor.
Saiba que tudo aquilo agora passou.

Aqui o verde tem mais cor,
O azul é mais celeste,
Tudo aqui é bem mais amor,
Mas não se apresse.
Ainda há muito o que viver,
Ainda terá muito a aprender.

Viva, permita-se viver.
A tua tristeza me preocupa,
Tenho medo do que tua cabeça,
Às vezes, teima em dizer.
Quero tê-lo comigo,

Por isso não ceda ao inimigo.
Prometa que besteira não irá fazer.

Se a saudade apertar, chore.
Quando o peito apertar, chore.
Chore sempre que precisar,
Mas nunca deixe de viver.
Nem pare de sonhar.
Já pensou na família aumentar?
Que alegria!
Quanta correria!
Mais mãos para cuidar da terra,
Mais mãos para plantar amores.

O toque e as conversas não acabaram,
Simplesmente, de forma trocaram.
Distribua abraços a quem precisar,
Converse com o outro que não é ouvido.
Espalhe amor!

Nestas horas, estarei contigo,
Receberei cada abraço,
Acompanharei cada papo.
Não precisa de lugar físico,
Precisa de situações de afeto;
Não importa em qual dialeto,
Distribua amor por onde for.

Faça a vida do outro
Ter mais cor e mais sabor,
Lá estarei...
A partir das mãos do outro
Nas tuas, eu tocarei.
Até qualquer hora
E em todas as horas, meu rei.

## 9.3. INSUFOCÁVEL

Criança tem sensibilidade aflorada,
Isso é consenso, sem discussão;
Virtude desprestiagiada e sufocada,
Resumida à mera imaginação.

Esse contato direto com o Sagrado
Se perde no mar da descrença,
Tornando-se no adulto invisibilizado
Fruto do descaso, da indiferença.

Mas o Sagrado não é querença,
Se desvela, se instala, faz morada
A este ser traz luz e clarividência.

Seca lágrimas, conforta o aflito,
Dá caminho e sabedoria ao perdido.
Enfim, ancestralidade, fim do conflito.

## 9.4. HERANÇA

Ancestralidade...
Não sei por que
Esse termo me assustava,
Talvez, porque uma incógnita
Ali se apresentava,
Sempre me lembrava
Religiosidade...
Mas, na religião que professava,
Ela nunca se encontrava
E assim seguia sem definição.

Ancestralidade...
Tomei coragem e perguntei,
Palavra ficou proibida;
A mim foi resumida
Que era do mal,
Não deveria ser dita.

Segundo o dicionário,
Ancestralidade vem de ancestral,
Aquele teu parente antecessor
Que veio antes de você,
Aquele de quem carrega a hereditariedade;
Como pode ser mal,
Se é parte de você?

Ancestralidade...
Palavra cuja particularidade
É mostrar que vens de uma linhagem,
De uma semente já plantada
Que por nós deve ser cuidada;
Toda essa cultura a outras gerações repassada,
Para que em nossa colheita
Não nos falte aquilo que nos representa: amor.

## 9.5. ASTRO REI

Bola de fogo que parece girar,
Estática, imóvel.
Um rei em seu trono estelar.
A verdade é que os outros astros
Em torno de ti estão a bailar;
Como numa mandala constelar,
Será que é algo espiritual?
Se olharmos bem, parece um ritual.

Sol, astro incandescente,
Traz vida a toda Terra,
Esperança ao coração da gente.
Teus raios são metáforas de dias vindouros,
Assim como de Apolo a coroa de louros,
Símbolo de conquistas e vitórias.

Saber que o sol voltará
A cada novo amanhecer,
Faz germinar confiança
De que toda tristeza irá perecer;
Dando lugar a bem-aventuranças
Presentes do universo a você.

## 9.6. AMIGO AZUL

Mar de infinito azul
Que espera a noite chegar,
Para da Lua se enamorar
E um beijo a ela lançar.

Mar, espelho do céu a contemplar
Das constelações o cintilar,
Espelho perfeito
Que confunde o olhar apaixonado,
Não sabendo ele
Onde começa o céu,
Onde termina o mar.

Mar de tantas histórias
Ocultas e divulgadas, diz pra mim:
Quantas gotas em ti são de lágrimas?
Quantas delas renovaram o teu sal?
Mar que tudo renova,
Mergulhando em você
Minha força revigora.

Mar, encontre alguém legal
Para eu me apaixonar.
Em meu caminho,
Só desencanto e desabrigo
Que já cansei até de procurar.

Olhando daqui vejo
Tuas ondas a bater no costão,
Parece meu coração
Teimoso insistindo em amar
A quem me faz sofrer.

Ah, Mar, vou agora
Contigo me abraçar,
Com minhas lágrimas
O teu sal aumentar,
Falar desse amor
Sempre me deixa a chorar.

## 9.7. TROVÃO ANGELICAL

Arauto de voz forte, brado alto,
O que estás a anunciar?
Falange celestial
Que protege a cada indivíduo,
A que distância dos viventes estás a ficar?
Se há alguém a me guardar,
Por que surpreendido foi meu coração?
Como não pressentistes a cilada
Que estavam contra mim a preparar?

Anjo da Guarda,
Por que não me guarda?
Por que não estás a me guiar?
Em meu peito agruras aparecem,
Chuvas em meus olhos
Começam a jorrar.
Anjo que não me guarda,
Distraído sua lira deve estar a tocar;
Enquanto eu errante
Exposto aos perigos
Continuo a ficar.

Será que o problema sou eu?
Será que comigo estás a falar?
Eu, pecador que sou,
Não entendo a língua
Que no céu se deve usar.

Apieda-te de mim,
Meu anjo amigo;
Tu que és meu abrigo,
Em quem devo confiar.

Se eu pecador que sou,
Não consigo a mensagem alcançar;
Façamos um combinado:
Sempre que comigo
Começares a falar;
Sempre que o inimigo artimanhas tramar;
Acorde-me com um trovão,
Sem susto nem medo,
Entenderei que atenta
Preciso estar.
Inimigo é como temporal,
Não tem hora marcada,
Nem se sabe o estrago
Que pode causar.